Una niña latina en Estados Unidos

Margarita Robleda
Ilustrado por:
Danilo Ramírez P.

ALFAGUARA

Publicado en inglés con el título *María: A Latina Girl in the United States*
© Del texto: 2005, Margarita Robleda

© De esta edición: 2005, Santillana USA Publishing Company, Inc.
2105 NW 86th Avenue
Miami, FL 33122
www.santillanausa.com

Editora: Isabel Mendoza
Diseño: Jacqueline Rivera y Mauricio Laluz
Ilustraciones: Danilo Ramírez P.

Alfaguara es un sello editorial del **Grupo Santillana**. Éstas son sus sedes:
ARGENTINA, BOLIVIA, CHILE, COLOMBIA, COSTA RICA, ECUADOR,
EL SALVADOR, ESPAÑA, ESTADOS UNIDOS, GUATEMALA,
MÉXICO, PANAMÁ, PARAGUAY, PERÚ, PUERTO RICO,
REPÚBLICA DOMINICANA, URUGUAY Y VENEZUELA.

ISBN: 1-59437-557-7

Impreso en Colombia por D'Vinni

05 06 07 08 09   9 8 7 6 5 4 3 2 1

A todas las Marías del mundo

Sobre todo a aquellas a las que les quitaron el Lucía, el Cristina, el Luisa, el Elena, el Teresa, el Guadalupe, entre otros.

A Diana de la Rosa, que creció siendo "Diane" hasta que un día comprendió que ella era Diana y que nadie se lo podía quitar. La admiro por su decisión de educar a Maya y Ariana en español y conscientes de la riqueza de su cultura latina. Gracias a eso, sus hijas ahora disfrutan los beneficios de ser bilingües y biculturales.

Me encanta pensar que este libro podrá acompañar a muchos niños y niñas latinos en su proceso de descubrir que tenemos mucho que aportarle a este gran pastel que es la cultura estadounidense.

Margarita Robleda

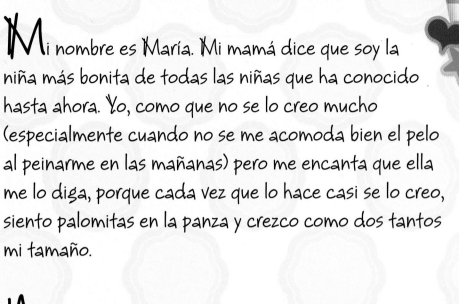

Mi nombre es María. Mi mamá dice que soy la niña más bonita de todas las niñas que ha conocido hasta ahora. Yo, como que no se lo creo mucho (especialmente cuando no se me acomoda bien el pelo al peinarme en las mañanas) pero me encanta que ella me lo diga, porque cada vez que lo hace casi se lo creo, siento palomitas en la panza y crezco como dos tantos mi tamaño.

Algunas personas me llaman "Mary", y aunque quizá suene bonito, les digo que yo no soy Mary ni tampoco Marie, que yo me llamo María, me siento María, me sueño María y soy María. No quiero ni podría ser nadie más.

Nací en Estados Unidos, pero mi familia vino de un pueblo de México llamado San Juan. Ahí se habla español y también un idioma secreto que a mi abuelita le enseñaron sus abuelos indígenas. En San Juan, todas las mañanas al despertar, después de decir "Buenos días", se preguntan: "¿Qué dice tu corazón?". Cuando te presentan a una persona, en lugar de decir "Mucho gusto", ellos dicen en su idioma: "Conozcámonos de corazón".

Mi abuelita es tan sabia y dulce como el idioma de sus antepasados. Está convencida de que es importante planear, tener metas y escribirlas en un cuaderno para que no se nos olviden, así como preguntarle a la cabeza: "¿Qué piensas?". Pero también dice que es muy importante aprender a escuchar el lenguaje de los sentimientos y a entender lo que dice el corazón.

Me gusta mucho mi abuela. Su nombre es Manuela. Le encanta cantar canciones de amor mientras hace las tortillas más ricas de todo el mundo. Algunas veces son de harina de trigo y otras, de maíz. Y como ella dice que siempre, siempre se puede aprender algo nuevo, de vez en cuando nos sorprende con arepas y pupusas que se comen en otros países de América Latina y que algunas vecinas le han enseñado a hacer.

Cuando tenemos visitas en casa, ella les da la bienvenida con unos tacos de arroz y frijoles con chile, tan deliciosos que todos, todos, sin faltar ninguno, terminan chupándose los dedos. Yo me fijo muy bien en lo que hace y apunto las recetas en un cuaderno porque me gustaría preparar yo sola todas esas ricuras cuando sea grande.

Arepas colombianas

Ingredientes:
1 taza de harina de maíz precocida
2 tazas de agua tibia
1/2 cucharadita de sal
1 cucharada de mantequilla

Preparación:
1. Añadirle la sal al agua y revolver. Agregar la harina poco a poco mientras se va amasando hasta obtener una masa suave, sin grumos. Añadir la mantequilla derretida y amasar nuevamente.
2. Hacer bolas con la masa y aplastarlas para formar las arepas. Ponerlas a asar en una parrilla o en un sartén engrasado.

Mi mamá trabaja casi todo el día, y yo la extraño mucho. Hay días que hasta me dan un poco de ganas de llorar. Pero ella dice que lo hace con gusto porque gracias a eso nosotros tendremos la oportunidad de estudiar y algún día llegar a ser muy importantes. Cuando mi abuela la escucha decir eso, desde donde esté grita que es muy bueno ser importante, pero es más importante ser feliz. A mi mamá le da mucha risa y enseguida responde que a ella le hace muy feliz trabajar duro para que mi hermano José Luis y yo podamos vivir mejor, sin tanta preocupación.

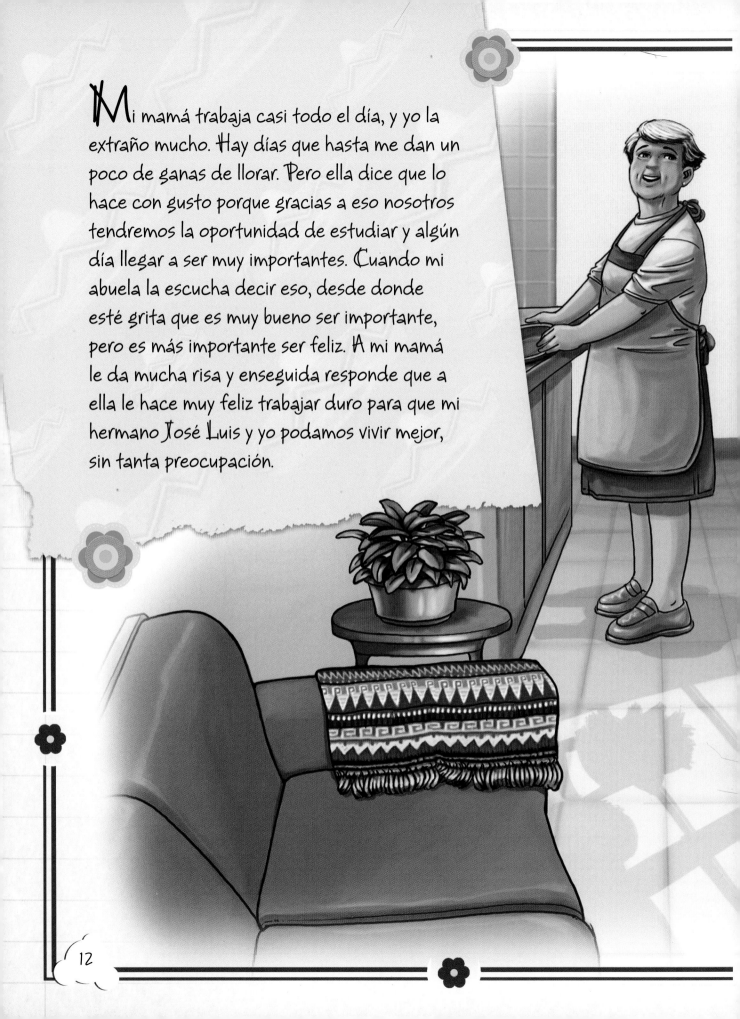

Ahora que escribo mi biografía, porque el maestro nos lo pidió, me doy cuenta de que al escribir entiendo mejor mis sentimientos. Me doy cuenta de por qué estoy triste o contenta; o por qué a veces me siento sola y otras me enojo sin razón con mi hermano o incluso, algunas veces, hasta con mi mamá o mi abuela. ¡Hay días en que ni yo misma me entiendo! Como cuando, sin ninguna razón, me entran muchas ganas de reír y cantar; y otras veces, siento que nadie me comprende y me dan unas enormes ganas de llorar.

Voy a tratar de escribir sobre todo esto siempre, en lugar de tragármelo o de pelearme con los demás. Reconozco que a veces soy medio enojona e impaciente y, como dice mi maestro, quizás si lo veo escrito sobre el papel pueda entenderlo mejor.

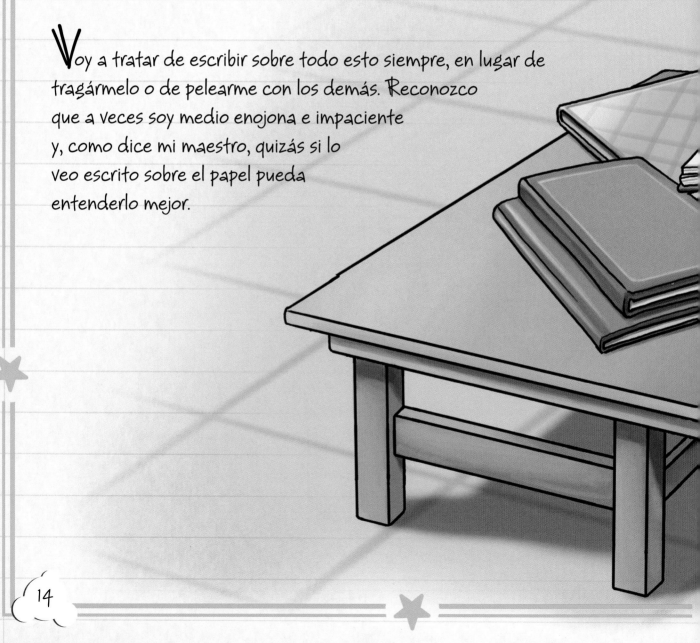

Pienso que la vida es como dice mi abuela: "Ni muy, muy, ni tan, tan". A veces hay flores lindas pero con ellas llegan las abejas. Y en el verano, aunque hay un calor terrible, también están las deliciosas limonadas frías y los helados de piña, pero, de igual manera, hay unos mosquitos muy tercos que, por más que los espantemos, siguen molestando.

Luego llega el otoño, con sus hojas amarillas y cafés. ¿Cómo algo tan lindo se puede volver tan horroroso? Es terrible tener que barrer el patio, pero también es muy divertido correr con mi hermano y brincar encima de la pila de hojas secas que suenan *crash, crash*. Lo gozamos tanto que después no nos importa que tengamos que barrerlas de nuevo para volverlas a juntar.

El invierno llega con sus fríos, pero también con sus churros de canela y chocolate caliente, pero sobre todo con las fiestas de Navidad. Es lindo ver cómo cada cultura la festeja de manera diferente. En mi casa, por ejemplo, nos reunimos con algunos parientes y amigos y cantamos los cantos de la posada para representar la historia de la Navidad. Después entonamos canciones de cuna mientras mecemos al niño en una sabanita, como si fuera una hamaca. Todos nos felicitamos por su nacimiento y nos damos un abrazo.

19

Más tarde cenamos tamales, buñuelos, ponche de frutas y hacemos el intercambio de regalos. Cada año, cruzo los dedos para que me toque la tía Victoria, pues ella es la que da los regalos más divertidos.

Mi abuela me contó que cuando llegaron los misioneros franciscanos a colonizar América, descubrieron que por medio de las pastorelas, que son como obras de teatro, podían explicar mejor la historia de la Navidad a los habitantes de estas tierras que no hablaban español ni tampoco sabían leer. Así que en lugar de los pinos con luces y esferas que ponemos hoy en día en nuestras casas, la gente de entonces decoraba la suya con nacimientos: el pesebre, vacas, borreguitos y pastores. Además, rompían piñatas con forma de estrella.

Sí, la Navidad es mi época favorita del año, porque mi corazón se llena de esperanza de que podamos vivir en un mundo con más amor.

20

En Navidad rompemos
piñatas mientras cantamos:

Dale, dale, dale...
no pierdas el tino,
porque si lo pierdes,
pierdes el camino.

Ándale Juana,
no te dilates
con la canasta
de los cacahuates.

No quiero oro,
ni quiero plata,
yo sólo quiero
romper la piñata.

Ya le diste uno,
ya le diste dos,
ya le diste tres,
y esto se acabó.

Mi tío José, hermano de mi mamá, dice que soy medio poetisa y que tal vez mi vocación sea la de escribir. La verdad es que me encantan los cuentos y también los poemas, porque en ellos las palabras a veces son como la mantequilla que resbala y otras, como un chorro de agua fría que te pone a temblar.

Le he preguntado a mi tío que por qué me lo dice y responde que porque me fijo muy bien en las cosas y luego las escribo como son, pero además las comparo con otras para entenderlas mejor. Como cuando digo que la vida es como las estaciones del año y trato de explicar que en ella hay de todo: días de sol y de lluvia, de frío y de fiesta, de siembra y de cosecha; y que de todo, todo, como dice mi abuela, siempre hay algo divertido y lindo por descubrir.

Es cierto, escribir me permite entender mejor mis sentimientos. Como cuando me sentía fea porque no me parezco a mi muñeca Barbie. ¡Somos tan diferentes! Ella es larga y yo soy más bien redondita.

Un día tuve el valor de contarle a mi mamá mi pena y ella me abrazó con mucho amor y respondió que Barbie es Barbie, pero que yo era la María más linda del mundo. Que mi piel canela y mis ojos de estrellas me hacen muy especial. Que no existe ni existirá jamás otra como yo, aunque también se llame María. ¡Que yo soy única en tooodo el planeta Tierra! No creo que mi mamá me ande diciendo mentiras nada más para darme gusto, pues en la luz que brilla en sus ojos al mirarme, puedo ver que ella tiene razón.

Sí, soy única. A mí por ejemplo, me gusta escribir y leer. A mi hermano José Luis le gusta armar y desarmar, correr, jugar a la patineta y al fútbol. A los dos nos encantan las matemáticas y los juegos de mesa. Él lava los platos mejor que yo, pero las tortillas que la abuela nos está enseñando a hacer, a mí me salen más redondas. No sé si a él le gustaría ser como el muñeco Ken, pero a mí ya no me interesa ser como Barbie. No creo que pudiera caminar a gusto con esos tacones tan altos. José Luis dice que seguramente en esa cabecita tan pequeña no le ha de caber ni una idea, ¡ni siquiera... la menor duda!

Mi mejor amiga se llama Yuko. Vino hace poco con su familia desde Japón. Es muy bonita, porque tiene unos ojos que parece que siempre están sonriendo y una piel muy linda color de miel.

Al principio no nos podíamos comunicar bien porque ella no hablaba inglés ni mucho menos español; sólo su idioma. Pero descubrimos que los sentimientos son muy parecidos, al igual que los sueños y el deseo de pasarla bien. En realidad, una cara de tristeza, de enojo, de sorpresa, de amistad, de miedo, o una sonrisa gentil se entienden en todos los rincones del mundo. El hambre, la curiosidad o el frío se expresan igual en todas partes.

Yuko y yo comenzamos platicando con los ojos, las manos y los gestos, y ahora estamos felices, porque además ya estamos empezando a hacerlo en inglés. Quizá algún día pueda yo aprender su idioma y ella disfrute el español que tanto me gusta, porque me parece que está lleno de música y de sentimientos. Además es muy divertido, como esa rima que dice: "¿Eres mi amigo leal? ¿Sí? Pues cómete un taco de sal". Ya decidimos que, en japonés, en inglés o en español... ¡Seremos amigas por siempre!

Hello　こんにちは　Hola

Bye　　　さようなら　Adiós

Thanks　ありがとう　Gracias

Friends for Ever
一生の友達
Amigas por siempre

Mi mamá dice que una de las ventajas de vivir en Estados Unidos es que la Constitución de este país dice que todos somos iguales, sin importar si eres niña o niño, señor o abuelita, cuál es el color de tu cabello, si tienes los huesos largos o cortos, o si tus pestañas se van para abajo o para arriba.

Aquí no importa si trabajas con las manos en una fábrica o con la cabeza en una oficina, si eres vegetariano o carnívoro, si te gusta el rap, la salsa, las canciones rancheras o la música clásica; si eres un genio de la computadora o un ecologista.

No sé dónde lo aprendió mi mami, pero siempre que tiene oportunidad me lo repite: "Todos somos seres humanos, somos personas que merecemos respeto". Yo no le digo nada, sólo me le quedo viendo con cara de pregunta: "¿Todos?". Ella, que me conoce tan bien que parece que me leyera la mente, repite: "¡Todos!"

bueno, aunque parezca que lo dudo, lo que dice mamá me gusta muchísimo, porque yo no quiero ser más que nadie, ni tampoco lo contrario. No quiero ser menos que mi hermano, que es hombre y que quizás algún día será más alto que yo, pero también tengo que aceptar que no soy mejor que él, aunque saque mejores notas en la escuela. Creo que juntos y apoyándonos podemos aprender y hacer cosas interesantes y, por supuesto, divertirnos mucho más.

Estoy entendiendo que se vale ser diferente y que no me tengo que parecer a los demás. Si fuéramos todos iguales... no habría sorpresas, ni novedades. ¡Qué aburrido! Por mucho que me guste comer mangos, si ésa fuera la única fruta del mundo... ¡qué horror!

Me gustaría ser maestra bilingüe porque, como dice mi maestro, el que habla dos idiomas tiene el doble de oportunidades. O tal vez decida ser ingeniera. Podría diseñar una nave espacial única, que sirva para llegar hasta Plutón. Por cierto... aquí en el planeta Tierra, cuando un avión desciende, se dice que aterriza... ¿Cómo se dirá allá? ¿Plutoniza? ¿Y si vamos a Mercurio...? ¿Mercuriza?

Las computadoras me encantan... pero los tamales que estoy aprendiendo a hacer con las recetas de mi abuela me quedan riquísimos, así que quizá me anime y convenza a mi hermano de que abramos un restaurante de comida latina deliciosa que se llame: "El tamal que 'ta bien".

O tal vez mi tío José tenga razón y con el tiempo decida ser escritora. Me gustan los cuentos de Carmen Tafolla y también los de Alma Flor Ada, a quien conocí cuando vino a la escuela a leer sus historias. Por cierto, el famoso Harry Potter... ¡fue escrito por una mujer! Es bonito ver que las mujeres podemos ser lo que queramos: científicas, políticas, empresarias y artistas, ¡exitosas!

¿Quién dijo que la mujer es débil...? ¡Si podemos ser hasta mamás! Porque darle la vida a otro ser humano no es cualquier cosa. A mí eso me parece maravilloso, aunque la verdad todavía no estoy segura si voy a querer ser mamá. Afortunadamente, todavía tengo mucho tiempo para pensarlo.

Claro que sí me gustaría casarme. Mi abuela me cuenta que antes se decía que las mujeres tenían que casarse porque necesitaban un hombre que las cuidara. Eran otros tiempos, porque ni siquiera podían ir a la universidad. Ahora sabemos que las mujeres pueden cuidarse solas y, si lo deciden, se casan con un compañero para recorrer juntos la vida. Eso es lo que yo quiero.

Creo que mi biografía está aún por escribirse, pues me falta mucho por vivir. Me gusta descubrir que soy única, inteligente y capaz. (¡Uy, qué bueno que esto lo estoy escribiendo, porque me daría mucha pena tener que decirlo en público!). Soy trabajadora como mi mamá y cariñosa como mi abuela. Me gusta tener un hermano para divertirme y compartir mis secretos, aunque a veces peleemos.

Me encanta vivir en un país con tanta riqueza cultural. Pienso que Estados Unidos es como un pastel maravilloso donde cada cultura aporta algo: unos son la harina; otros, la leche, la mantequilla, los huevos, etc. Los latinos somos un poco de la vainilla, el azúcar y el cacao, como quien dice: sabores fuertes de inteligencia y corazón.

Pero más que nada, he descubierto que me encanta escribir. A través de mis escritos comprendo que mis sentimientos se parecen a una cebolla, pues con cada capa que quito, encuentro que hay otra y otra y aún hay muchas más y eso me permite entenderme mejor.

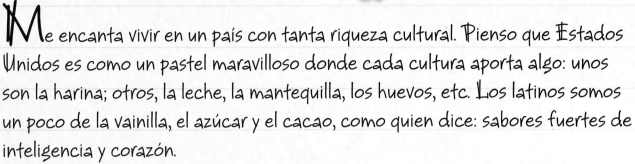

Algunas de las capas me las ha dado mi familia, están en mi sangre y en la herencia de mi cultura. Pero hay muchas nuevas que aún se están tejiendo con la vida diaria, y aunque a veces, como cuando cortas la cebolla, algunas cosas me hagan llorar un poquito, la vida sigue siendo como una enorme cebolla que, con sus capas y todo, le da muy buen sabor a la comida.

Esta autobiografía la terminé
de escribir en mi cuarto
el 15 de junio de 2005.

Marila